M. Kay Mashkour

SCHOOL OF CHAOS

Ein groteskes Abenteuer

Novelle

Über die Geschichte

Die Sechstklässlerin Krümel ist ein umgekehrter Don Quijote: Sie kämpft gegen Riesen und sieht doch nur Windmühlen. Als der Nichtraucher an einem Freitagvormittag im April 2008 Amok läuft, weil er seine Abiturzulassung vermasselt hat, glauben zunächst alle an einen geschmacklosen Abistreich. Bald schließen sich die Kinder und Jugendlichen zu Stämmen und Gangs zusammen. Den verängstigten Lehrkräften bleibt die Wahl, sich der mäuternden, rotzbesoffenen Stufe Dreizehn oder dem Widerstand anzuschließen. Derweil versuchen die Erwachsenen von außen, die Lage im verbarrikadierten Schulgebäude zu beeinflussen. Vor allem Bürgermeister Lusche ist besorgt, denn der Amoklauf bedeutet für ihn einen weiteren Image-Schaden. Für Krümel steht fest: Sie wird nicht auch noch das Wochenende in der Schule zubringen...

Über die Autorin

Mirjam Kay „MK" Mashkour (*1992) ist Autorin und Redakteurin. Sie hat einen Abschluss in Kreativem Schreiben und Kulturjournalismus vom Literaturinstitut Hildesheim sowie in europäischer Politik- und Rechtswissenschaft von der Universität Bologna. Den ersten Entwurf von *School of Chaos* schrieb sie im Alter von 15 Jahren an einem besonders langweiligen Schultag.

Weitere Informationen: mk-mashkour.com

für Arjun und Olli

Manuskript, Gestaltung und Satz:
© 2022, Mirjam Kay Mashkour

Herstellung und Verlag:
BoD – Books on Demand, Norderstedt
ISBN: 9783756224401

Inhalt

1 Hell's Bells

Mit der üblichen Verspätung spie der Bus die Kinder und Jugendlichen aus. Sie überquerten die teerschwarze, baumlose Hauptstraße, gesäumt von faulen Backenzähnen von Gebäuden, ihr Weg verdunkelt von grauen, träge triefenden Wolken. Die Gesichter der Kinder waren freudlos, leblos. Sie erreichten Stahltore und begannen gehetzter zu schlurfen, als die Höllenglocke erklang. Hinter dem letzten Kind fiel die schwere Tür ins Schloss. Nach einem kurzen Blick auf das schwarze Brett und seine Anordnungen schlurften sie durch die Flure, um sich in Klassen einzuteilen.

In einer Herde standen die Oberstufler zusammen und unterhielten sich. Krümel streifte durch die Schulflure, dabei immer darauf bedacht, dem Lehrpersonal auszuweichen. Für sie, ein Mädchen aus der 6c mit langen braunen Zottelhaaren, war das keine große Sache. Krümel war klein und flink und konnte zwischen den Gesprächsgruppen und Cliquen älterer Schüler hindurchflitzen, ohne dass es irgendwem auffiel. Die alten Schüler waren groß und stark und schubsten ziemlich viel. Ihre Ellbogen waren auf der gleichen Höhe wie Krümels Kopf. Sie musste aufpassen, nicht von einer drängelnden Horde ge-ellbogt und dann zertrampelt zu werden. Die Oberstufe kam der zierlichen Krümel wie eine Herde Elefanten vor. Nur dümmer. Aber heute war es ein bisschen anders, heute, an einem

Freitagmorgen im April. An diesem Tag beneidete Krümel die Älteren, genau genommen die Schüler der Stufe 13. Denn heute hatten diejenigen unter den stinkenden Trotteln, die nicht sitzengeblieben, von der Schule geflogen oder auf Klassenfahrten für immer verschollen waren, ihre Abiturzulassung erhalten. Das hieß im Klartext: Alle Dreizehner waren sternhagelgranatensplitterfurzverreckensvoll. Sie lagen sich in den Armen, grölten Karnevalsmusik und soffen Feiglinge um die Wette. Dabei trugen die Gehirnamputierten grässlich unkreative Kostüme. Krümel mochte Karneval und freute sich, dass sie ein zweites Mal im Jahr die Chance bekam, grenzdebile Saufnasen in der Schule anzutreffen, welche sich nicht anmaßten, sie unterrichten zu wollen. Zwar ergab es für Krümel wenig Sinn, dass die Abitursöhne und -Töchter sich selbst schon vor den eigentlichen Prüfungen so abfeierten, dass sie danach alle Klausuren konsequent in den Sand setzten, aber was verstand eine Sechstklässlerin schon von uralten Schultraditionen wie diesem hier zelebrierten, so genannten „Abistreich"? Die Schülervertretung hatte wegen der ausufernden Feierlichkeiten schon oft Schelte von Schuldirektor Dr. Regen hinnehmen müssen, aber verbieten konnte er die Vor-Abi-Parties einfach nicht. Jede Schule machte das doch und er durfte auf keinen Fall vor seinen Kollegen dastehen, als hätte er die Situation nicht im Griff.

2 Der Nichtraucher

„Der Nichtraucher ist durchgedreht."

Das waren die Worte des Klassenstrebers. Er wirkte beunruhigt; war noch verschwitzter als sonst und wollte seine Mitschüler warnen, doch niemand beachtete den schmächtigen Zahnspangenträger. Nur der Junge, der ADHS hatte, hüpfte um den Klassenstreber herum und schlug ihm dabei immer wieder mit einem dicken Deutschbuch auf den Kopf. „Hört ihr denn nicht?", rief der Streber verzweifelt. „Der Nichtraucher! Er ist durchgedreht!"

„Das darf doch nicht wahr sein!" Tim, der Klassenclown, warf seine Brotdose mit voller Wucht auf den Boden. Der hässliche Plastik-Kasten zerbrach und Tims Butterbrote rutschten heraus.

„Doch, er wird uns alle umbringen!", beteuerte der Klassenstreber.

„Vollkornbrot! Der Alte hat wohl nicht mehr alle Latten am Zaun! Wenn Mama mein Frühstück macht, krieg' ich immer was von Mecces!"

Der Klassenstreber seufzte. Tim trat die kaputte Butterbrotdose wie einen Fußball durch den Flur. Sie wäre wohl noch ein bisschen weiter geflogen, wäre da nicht das linke Schienbein der dicken Frau Platzing im Weg gewesen.

„Aua!", jaulte die Lehrerin. Wütend stampfte sie auf den Sechstklässler zu und schrie: „Tim! Du hebst das sofort auf! Und dann gehst du raus auf den Pausenhof! Du weißt, dass sich nur die Oberstufe während der Pausen in den Hallen aufhalten darf!"

„Ja, Frau Platzing", brummte der Junge und bückte sich, um die Butterbrote aufzuheben. Da erst merkte Frau Platzing, dass ein Stück Gurke mit Frischkäse an ihrem Schuh klebte.

„Ich werde noch heute deine Eltern anrufen! So ein Benehmen dulde ich nicht! Wenn das so weitergeht, dann fliegst du hier raus und dann kannst du auf die Sonderschule gehen!" Der ADHS-Junge lachte aufgeregt. „Und du, mein Freund, hättest da bleiben sollen!"

„Frau Platzing!", wimmerte der Streber. „Sie müssen mir zuhören! Ich habe gehört, dass..."

„Nicht jetzt, Finn-Julian. Ich bin enttäuscht, dass du dich nicht an die Schulordnung hältst. Gerade du warst bisher immer ein Vorbild für diese Affenbande von Sechstklässlern."

„Aber Frau Platzing..." Die Lehrerin schüttelte sich die Gurkenscheibe vom Schuh und stampfte empört in Richtung Lehrerzimmer.

Das Grölen in der Aula wurde lauter und lauter. Die vereinzelt herumlungernden Grüppchen vermischten sich zu einer großen Menge. Was war passiert? Neugierig quetschte sich Tim nach vorne durch. „Geh weg da, du Idiot!", befahl Krümel und schob sich an ihrem Mitschüler vorbei. Da sah sie zwei rotzbesoffene Abitursöhne, die grässliche, bereits in die Kniekehlen gerutschte Jogginghosen und ihre Abi-Motto-Shirts unter pinken Trainingsjacken trugen und sich kaum noch auf den Beinen halten konnten. Die Abi-Shirts hatte Krümel noch gar nicht zu Gesicht bekommen, weil die Besoffenen ihre Kostüme darüber gezogen hatten. In güldenen Lettern stand auf pechschwarzem Hintergrund die ehrenwerte Losung: *Abituren & Abiturensöhne – Abi 2006 2007 2008!* Die beiden Besoffskis stürzten sich auf ein am Boden kauerndes Etwas. Sie schleiften das Häuflein Elend im grauen Jackett und zerfetzten blauen Hemd mit sich. Dann machten sie stark schwankend Halt und zogen ihr Opfer unter dem Gejohle der Menge an seinem dünnen weißen Haar nach oben. Direktor Regen fiel sogleich wieder auf die Knie. Er konnte sich nicht abstützen, denn seine Hände waren mit rosa Puschelhandschellen aus dem Erotikfachhandel gefesselt. „Bitte, bitte lasst mich doch... Ihr kriegt auch keinen Verweis, aber bitte, bitte lasst mich doch...", flehte Schuldirektor Regen. Die gesamte Oberstufe klatschte euphorisch und bald stimmte auch Tim mit ein. Nur Krümel war skeptisch. Sie fragte sich, ob es in Ordnung war, den Schulleiter so fies zu behandeln. Zugegeben, er war nicht gerade als das freundlichste Wesen unter den Schulflur-Neonröhren bekannt, doch er war immer noch ein Mensch.

Das schiefertafelkratzige Schellen der Schulglocke ertönte. Hunderte Schülerinnen und Schüler trotteten über den betonierten Pausenhof zurück ins Betongebäude. Vereinzelt

hörte man ein wehleidiges „Boah, ich hab jetzt Mathe..."
oder ein verzweifeltes „Ich hab jetzt Bio mit der Kies-
kopp!"

Doch dann hörte jeder nur noch ein *RUMMS!* Und noch
eines. Und dann noch eines. Was war passiert? Staub und
seltsame Nebelschwaden nahmen den Kindern die Sicht,
ihre Augen juckten plötzlich furchtbar und tränten, egal ob
sie weinten oder nicht. „Mama!", schrien ein paar Kinder
panisch und verstört. Der Rest war lediglich eine Kako-
phonie aus animalischem Gejammer, Gekreische, Gequiet-
sche und Geheul. Die Klassenräume waren abgeschlossen,
wegen Stiftmäppchen-Dieben und Idioten wie Tim. Was
sollten sie nun tun? Die Tussis handelten instinktiv: Blind
tasteten und schlugen sie sich zur Mädchentoilette auf dem
ersten Flur durch. Alle anderen verteilten sich planlos und
wild, überrannten oder wurden überrannt, stoben durch
die Flure oder verkrochen sich in eine sichere Ecke. Emos
und Skater warfen sich zu Boden und weinten, während
die Polohemdenträger und Bonzenkinder nach ihren Handys schrien, die in Schließfächern nahe des Lehrerzimmers
verwahrt wurden. Die Nerds und Streber rannten um ihr
Leben, ihre Mathematikbücher und MadGic-Karten fest
an sich klammernd. Krümel, die das Geschrei gehört hatte,
huschte zwischen den feierwütigen
Abiturensöhnen hindurch und ging auf
die sich lichtenden Nebenschwaden zu.

3 To boldly stay where no man has gone before

Die Tussis hatten sich nun also von ihren Instinkten direkt zur Mädchentoilette leiten lassen. Sie umklammerten ihre Schminkköfferchen und Kosmetiktäschchen, welche sie anstatt einer Schultasche bei sich zu tragen pflegten und kreischten und heulten, als hätte man ihnen den Lipgloss weggenommen. Die Heulkrämpfe der Tussis waren berüchtigt, doch aufgrund der Umstände dieses doch sehr außergewöhnlichen Schultages waren ihre Anfälle nun besonders schlimm. Sie hatten sich in den Toilettenkabinen eingesperrt, hockten dort in kleinen Grüppchen auf den kalten Fliesen und drehten völlig durch. Nur ab und zu gab es kurze Pausen, in denen sie nur noch schluchzten, starre Gesichter machten und sich mit feuchten Kosmetiktüchern die verlaufene Wimperntusche von den Wangen wischten. Krümel, die einfach nur in Ruhe pinkeln wollte, wunderte sich, dass alle Tussis gleichzeitig weinten. Normalerweise taten das nur ein paar von ihnen, weil sie nach ganzen drei Tagen Beziehung von ihrem Freund verlassen worden waren. Solche Schicksalsschläge hinterließen eine Lücke, die sich nur mit einer neuen Beziehung füllen ließe. Wenn es länger hielt als eine Stunde Physik beim unfassbar langweiligen Herrn Schnickel – dann musste es Liebe sein. Außerdem weinte dann meistens noch eine, sobald sie feststellte, dass ihr der süße neue Sportlehrer schon wieder nicht auf den Hintern geguckt hatte. Die Tussi, die gerade mit Rumheulen dran war, wurde dann von den anderen aus der Zickenclique bemitleidet, getröstet und während sie den anderen ihr Herz ausschüttete, wurden ihr die Haare geflochten. Markenklamotten-Mimi und ihre Handlangerin Riri konkurrierten mit der völlig verschminkten Nana und deren Sidekick Lala um den Tussithron, seit sie gemeinsam in eine Klasse gingen. Ebendiese bösen Königinnen Mimi und Nana waren es auch, die entschieden hatten, dass jedes Mädchen in der Klasse nur noch mit einem saudämlichen Spitznamen angesprochen werden durfte. Jeder Spitzname setzte sich zusammen aus einer beliebigen Silbe des bürgerlichen Vornamens und der Wiederholung dieser. Die opportunistisch zwischen beiden Tyranninnen intrigierende Lästerschwester Lele und ihre beste Freundin Lulu waren noch gut davongekommen. Nanas Dienerin Tina und die zum Mimi-Lager gehörende Hofnärrin Pia hatten Spitznamen erhalten, die so manchen Lehrer sehr verwunderten. Muriel und Karolin, die mit Abstand die dümmsten Spitznamen erwischt hatten, spielten gerne auch mal Schlägerinnen für den Tussiadel – denn was wäre ein Regime ohne Militär? Mimis und Nanas Hass füreinander war abgrundtief, doch natürlich begrüßten sie sich – wie es der höfischen Etikette entsprach – jeden Morgen mit einem Küsschen.

Nachdem sich Krümel die juckenden Augen mit Wasser ausgespült hatte, klopfte sie an die jeweiligen Klotüren, hinter denen sie die Autokratinnen vermutete.

„Mimi? Nana? Könntet ihr bitte leiser heulen und das auch an eure Mädels weitergeben? Wenn die Schule wirklich angegriffen wird, dann sollten wir nicht auf uns aufmerksam machen."

„Bist du dumm, Krükrü?", schluchzte Nana. „Je lauter wir heulen, desto eher rettet uns ein hübscher Polizist."

„Ich habe keinen Rauchmelder gehört", grübelte Krümel vor sich hin. „Das bedeutet, es ist ein geplanter Angriff. Aber wer würde so etwas tun? An einem Freitag? Und noch dazu einem Abitur-Streich-Tag? Die sind doch alle zu besoffen, um strategisch zu denken." Sie durchsuchte die Taschen ihrer Cargohose nach etwas, das sich im Notfall als Waffe nutzen ließ. Doch Krümel musste feststellen, dass all ihr Hab und Gut im Klassenraum eingeschlossen war. Die einzige Möglichkeit, an einen Schlüssel oder wenigstens Werkzeug zu kommen, mit dem man die Tür aufbrechen konnte, war, sich unauffällig unter die Abituren und Abiturensöhne zu mischen. Denn wenn Krümel eines über Abistreiche wusste, dann dass die Chaoten alles klauten, was sie nur tragen konnten.

Krümel war sich nicht sicher, wie lange sie schon auf der Heizung in der Mädchentoilette saß. Das Geheul aus den Toilettenkabinen verlor an Inbrunst, wurde träge, immer leiser, und schließlich ebbte es ab.

„Wir brauchen einen Plan", sagte Mimi. „Ich bekomme so langsam Hunger."

„Mimi hat recht", sprang ihr Riri bei.

„Lasst uns alle unsere Taschen öffnen und das Essen aufteilen", sagte Nana.

„Ich habe nichts zu essen dabei", wimmerte Lala.

„Was für Lipgloss und Lipbalm hast du mit?", fragte Nana.

„Erdbeer- und Kirschgeschmack."

„Dann gib her."

„Halt!", rief Mimi. „Schokolade, Kaugummi und Schminke mit Himbeergeschmack geht an mich. Im Gegenzug biete ich euch eine Lösung an, ganz im Gegensatz zu Nana, die nur euer Essen will. Wir sollten eine Kundschafterin nach draußen schicken, die für uns die Schulflure abcheckt. Wenn die Luft rein ist, gehen wir an unsere Schließfächer und rufen unsere Eltern an."

„Das ist eine fantastische Idee!", pflichtete Riri ihrer Königin bei.

„Was für ein Unsinn!", rief Nana. „Wir sollten eine demokratische Abstimmung darüber halten, wer nach draußen geht, um Süßigkeiten am Automaten zu kaufen und die Polizei zu rufen. Ich stimme für Krükrü."

„Ich auch!", riefen die Tussis unisono.

Krümel hörte wie die Türen der Toilettenkabinen aufgeschlossen wurden. Die Tussis standen mit gezückten Schminkutensilien vor ihr. „Ich geh ja schon", sagte Krümel und zuckte die Achseln. „Hier riecht es mir sowieso zu sehr nach Vanille-Deo."

„Halt!", rief Nana. „Zuerst die Kriegsbemalung."

Mit Rouge, Lippenstift und Kontur-Puder schminkten sie Krümel eine schauerliche Fratze, die wohl Feinde abschrecken sollte. Nach einigen Verhandlungen willigten die Tussis ein, Krümel zwei Flaschen besonders aggressiven Deodorants und eine spitze Nagelfeile mitzugeben. So bewaffnet, steckte sie ihren roten Kopf heraus und wagte einen Blick in den Schulflur, der gespenstisch leer wirkte. Auf dem Boden lagen Glasscherben und Nägel verstreut. „Bring' mir was mit Nougat mit", zischte Nana, dann gab sie Krümel einen Stoß und zog die Tür zu.

4 Der Weg der einsamen Kriegerin

Unsere Heldin schlich den Flur entlang, immer darauf bedacht, nicht in Scherben oder Nägel zu treten. In der Ferne hörte sie Technomusik hämmern. Krümel rüttelte an Türen, die sie nach draußen führen könnten, doch alle waren verschlossen, manche sogar zusätzlich mit Brettern und Müll verbarrikadiert. Sie beschloss, den Keller zu erkunden. Dafür musste sie am Werkraum und am Kunstraum vorbei.
Im flackernden Neonlicht patrouillierten zwei Abiturensöhne durch den grauen Flur. Sie trugen Schweinchenmasken und liefen in Schlangenlinien, sich hin und wieder an den Wänden abstützend. Krümel hielt sich im Schatten verborgen und wartete. Da kamen noch noch mehr Abiturensöhne und Abituren die Treppe hinunter. Sie schleiften

gefesseltes und geknebeltes Lehrpersonal mit sich. Die bezechten Wachenschweine schlossen die Metalltür auf, die in den Keller führte.

„Rein mit euch!", rief eine Abiture.

Krümel sah wie das Lehrpersonal unsanft in den dunklen Kerker gezerrt und die Tür wieder verschlossen wurde. Als die Feierwütigen von dannen gezogen waren, passte Krümel eine der Wachen ab, sprang aus dem Schatten und zog ihm mit der Deo-Dose eins über den Schädel. Der Abiturensohn, der Kopfschmerzen gewohnt war, warf Krümel zu Boden, zückte seine Pistole… und schoss. Der Heißkleber brannte sich so weit durch Krümels Kleidung, dass sie ihn auf ihrer Haut spüren konnte.

„Ey, komm mal her!", rief er den anderen zu sich. „Die will abhauen!"

Sie fixierten Krümel mit Superkleber und Panzertape an der Wand, während sie Schnaps in sich hineinschütteten. Als die beiden Abitursöhne ihr Werk vollbracht hatten, warfen sie noch ein paar Wasserbomben auf Krümel und zogen lachend in Richtung Turnhalle ab. Krümel wartete, bis die Trampel außer Sichtweite waren. Dann nagte sie sich mit ihrem lückenhaften und doch scharfen Gebiss durch das wenig wohlschmeckende Klebeband, bis sie eine Hand befreien konnte. Sogleich tastete sie nach der Nagelfeile in ihrer Hosentasche. Mit der Spitze der Metallfeile ritze sie durch das Klebeband und den angetrockneten Superkleber, bis sie mit dem Gesicht zuerst von der

Wand herabfiel. Krümel richtete sich auf und steckte die Nagelfeile wieder ein. Sie wollte den Abiturensöhnen in die Turnhalle folgen. Doch dann kam ihr etwas anderes in den Sinn. Unsere Heldin erreichte die Kleiderhaken vor ihrem verschlossenen Klassenzimmer und durchsuchte die dort hängenden Jacken nach Handys, Waffen, Snacks. Als sie ein Knäuel an Kleidung auseinander zog, kam darunter ein Emo zum Vorschein, der mit bleichem Gesicht und geschlossenen Augen an der Wand lehnte.

„Aaah, du blutest im Gesicht!", schrie der Junge und deutete auf sie.

„Aaaah, du lebst ja noch!", schrie Krümel gleichzeitig.

„Nein, das ist Lippenstift", sagte sie, als sie den ersten Schreck verwunden hatte. „Was ist mit dir passiert?"

„Ich bin todmüde und am Verhungern", jammerte der Emo und rutschte zu Boden. „In den Jacken sind nur alte Kaugummis und Taschentücher. Hast du... etwas zu Essen?" Er hüstelte geschwächt, sackte noch weiter in sich zusammen. Krümel stützte seinen Kopf mit ihren Armen ab. „Leider auch nicht. Was ist mit der Schule passiert? Weißt du irgendwas?"

Der Junge krächzte nur: „Finde... den... Nichtraucher." Dann fiel er in Ohnmacht.

„Der Nichtraucher", murmelte Krümel. Sie wusste, dass die Oberstufler in den Pausen vor dem Schultor zu rauchen pflegten. Rauchen galt unter den Älteren gemeinhin als cool. Das bedeutete, jemand der uncool, also ein Mobbingopfer, war, musste für die Anschläge verantwortlich sein. Krümel fasste einen Entschluss: Sie würde den Nichtraucher finden und besiegen. Denn es war Freitag und sie würde auf keinen Fall auch noch das Wochenende in der Schule zubringen.

5 Die Schlachten

„Der was? Finn-Julian, bitte sprich doch nicht so schnell", sagte seine Mutter. „Was ist passiert?"

„Der Nichtraucher… er… die Abiturensöhne… Mama, ich will hier raus!"

„Ärgern dich die älteren Schüler wieder, mein Schatz? Ich komme dich abholen. Warte noch kurz, ich bin in einem wichtigen Meeting. Ja, Schatz?"

„Mama, der Nichtraucher ist Amok gelaufen!", schrie Finn-Julian. „Wir sind alle in der Schule eingesperrt!"

„Oh mein Gott! Rüdiger, ruf sofort die Polizei! Ein Amoklauf an der Schule unseres, ähm, meines Sohnes!"

„Ist Rüdiger mein echter Papa?", fragte Finn-Julian. „Haben du und Papa sich deshalb scheiden lassen?"

„Schatz, du musst mir jetzt gut zuhören. Stell dich tot oder versteck dich oder beides. Schalte dein Handy auf lautlos und leg nicht auf. Wir holen dich da raus."

„Ist Rüdiger mein Papa?", schluchzte Finn-Julian.

Derweil arbeitete sich unsere Heldin weiter in die Zone der Abitursöhne und Abituren vor. Haken schlagend wie ein Hase und leise wie eine Raubkatze schlich Krümel triste Flure entlang. Sie achtete darauf, dass ihre Turnschuhe nicht auf dem PVC-Boden quietschten oder Spuren hinterließen. Die Turnhalle war ein besonders grässlicher Anbau, der eine noch größere architektonische Beleidigung darstellte als der vollbetonierte Pausenhof oder die monotonen, gefängnisartigen Schulflure. Die Hallentür stand weit offen und durch den Korridor dröhnte stumpfes Technogehämmer.

Krümel versteckte sich hinter der Tür und lugte zwischen den Türangeln in die Halle hinein. Dutzende betrunkene Abitursöhne und Abituren tanzten, grölten und machten Affengeräusche. Die meisten von ihnen trugen Kostüme, andere nur Jogginganzüge über ihren Abi-Motto-Shirts.

Auf einer aus Sportmatten und Kästen improvisierten Bühne tanzten Herr Pringel und Frau Trichter in rosa Tutus, während Herr Kläger sang: „Stop! In the name of love…"

„Lauter!", befahl ein Abitursohn und schlug den Lehrer mit einer Peitsche.

„… Before you break my heart!"

„Du sollst tanzen, nicht nur singen! Tanz, du faule Sau, tanz! Und dann hüpf über den Springbock da. Na wird's wohl!"

„Kläger hat sich in die Hose gemacht!", wimmerte Herr Pringel und rümpfte die Nase. „Schon vor Stunden! Und ich muss auch auf die Toilette!"

„Das ist ja noch gar nichts!", entgegnete Herr Kläger. „Der Pringel, der hat nach seiner Mama gerufen, als der Nichtraucher hier reinkam! Nach seiner Mama!" Herr Kläger lachte irre. Herr Pringel weinte leise und fächerte sich Luft zu, was offenbar nichts half. Tatsächlich roch es nach Schweiß und Urin. Frau Trichter sprach mit den beiden Streithähnen, während sie alle weitertanzten, doch Krümel konnte nicht hören, was sie sagte. Vermutlich etwas in der Richtung: „Reißt euch gefälligst zusammen!"

„Hier kommt 'ne Dusche für euch stinkende Schweine!", rief eine Abiture und spritze die Lehrer mit ihrer Wasserpistole nass. Ein paar maskierte Abitursöhne und Abituren feuerten ihre Pistolen ab.

„Aaaaah! Mama! Ich sterbe!", schrie Herr Pringel.

„Halt den Rand, Pringel, das sind nur Farbpatronen!", motzte Herr Kläger.

„Schnauze!", befahl der Abitursohn und verpasste Herrn Kläger einen Kopfschuss.

„Oh mein Gott! Ich sterbe! Ich meine... Gott gibt es ja wahrscheinlich nicht, obwohl…" Als Philosophielehrer konnte Herr Kläger einfach nicht aus seiner Haut.

„Du sollst dein Maul halten und 'Stop in the name of love' singen!", befahl ein Abitursohn.

„Was denn jetzt, soll ich schweigen oder singen?", fragte Herr Kläger.

Der Abitursohn scheuerte ihm eine.

Herr Pringel lachte.

Der Abiturensohn scheuerte Herrn Pringel auch eine.

Eine Abiture wandte sich Frau Trichter zu. „Ey Trichter, du weißt doch sicher, wo im Lehrerzimmer der Alk versteckt ist."

„A-Alkohol? In einem Schulgebäude?", stammelte Frau Trichter.

„Sag's ihr einfach, Ursula", flehte Herr Pringel.

„Ich wiederhole mich nicht gerne", sagte die Abiture ungeduldig. „Wo. Ist. Der. Alk."

Sie scheuerte Frau Trichter eine.

„Okay, okay, ich sag's euch!", wimmerte Herr Pringel. „Die Kaffeemaschine im Lehrerzimmer, wisst ihr, wo die steht?"

„Ja", sagten die Abiturensöhne und Abituren.

„Ich weiß, es ist unmoralisch und so, aber Moral ist ein soziales Konstrukt, das-", schweifte Herr Pringel ab, denn als Philosophielehrer konnte auch er nicht anders.

„Komm auf den Punkt, Pringel!", befahl eine Abiture im Entenkostüm.

„Also, der Kaffee, den Herr Fetter hier jeden Morgen literweise säuft, besteht zu vierzig Prozent aus Alkohol. Er nennt das seinen *Wunschpunsch*. Im Schrank unter der Kaffeemaschine gibt es Vorräte, die für einen Monat reichen sollten."

„Okay, damit kommen wir noch zwei Tage durch", stellten die Abiturensöhne fest.

„Nehmt euch was ihr wollt, aber lasst uns am Leben", weinte Herr Kläger und der dunkle Fleck auf seiner Hose wurde größer.

„Du schnallst es nicht, Alter!", brüllte der Abiturensohn und scheuerte ihm noch eine. „Wenn ich noch einen Pieps von euch höre, dann werdet ihr als Geiseln für den Nichtraucher enden!"

Die Philosophielehrer schwiegen. Eine Weile lang hörte man nur die dröhnende Technomusik und die feiernden Abiturensöhne. Dann, als gerade der Song wechselte, sagte Herr Pringel leise: „Mama."

Wie Kriegsbeute wurden die beiden Philosophielehrer durch den Flur geschleift. Krümel blieb hinter der Tür versteckt, bis die Abituren mit Herrn Fetters Schnaps und dem alkoholischen Kaffee aus dem Lehrerzimmer zurückkamen. Sie zerrissen Zeugnisse zu Konfetti, füllten Frau Trichter mit Wunschpunsch ab und ballerten mit ihren Gewehren herum. Nun hielt der Nichtraucher also zwei der bescheuertsten Lehrer dieser Schule als Geiseln.

Krümel musste sich eingestehen, dass einfach abzuhauen keine Lösung war. Sie musste gegen die Abiturensöhne in den Krieg ziehen oder sie auf ihre Seite bringen. Aber wie? Sie war allein, eine Sechstklässlerin, auf die niemand hörte, und ihr Magen begann nun auch noch zu knurren. Die Stufe 13 verfügte über Pistolen, Flaschen, Feuerzeuge, schwere Medizinbälle aus dem Turnhallen-Schrank,

Puschelhandschellen, Peitschen und weitere Artikel aus dem Erotikfachhandel. Bevor Krümel ihnen entgegentreten konnte, musste sie sich besser bewaffnen.

Krümel machte sich auf den Weg zur Schulmensa, beziehungsweise der Mensa-Baustelle. Der damals zuständige Schulleiter hatte, so die Legende, vor eintausend Jahren den Schülerinnen und Schülern die Errichtung eines Gebäudes versprochen, in welchem die Hungrigen endlich Frieden – in Form von fettigen Fritten und Frikadellen – finden würden. Ob Rind- oder Rattenfleisch, das war allen Beteiligten herzlich egal gewesen. Pferd-, Pony- oder Einhornsteak, was machte es für einen Unterschied, wenn hunderte hungrige Mäuler gestopft werden mussten? Die versprochene Mensa wurde halb gebaut, danach war Schule und Staat das Geld ausgegangen. Krümel war sich sicher, dass dieser bröckelige Betonklotz Lücken haben musste, durch die sie auf den Pausenhof gelangen konnte. Womöglich warteten die Einsatztrupps der Polizei dort schon draußen auf einen günstigen Moment für den Zugriff.

Unsere junge Heldin schlich durch die Dunkelheit des geisterhaften Betonklotzes. Da hörte sie ein kurzes Rascheln. Krümel kniff die Augen zusammen und sah sich aufmerksam um. Ein Ratte? Hier? Niemals. Ratten mieden die Mensa, denn sie waren intelligente Tiere. Im Dunkeln sah Krümel nur Schutt, Sand, ein paar Eimer und Steine, die die Bauarbeiter zurückgelassen hatten. Vielleicht spukte es hier tatsächlich? Krümel spitzte die Ohren und lauschte in die Stille hinein. Sie hielt den Atem an und hörte einen anderen. Rasselnd, wild, kaum menschlich. Unsere Heldin machte einen großen Satz über einen Sandhügel und warf sich mit aller Kraft gegen das Ungeheuer. Sofort ging es zu Boden und stieß einen markerschütternden Schrei aus. Krümel ließ sich nicht beirren und trat ordentlich nach.

„Aaaaargh! Dafür bekommst du die nächsten sechs Jahre ein Defizit in Englisch und Geschichte! Und du hast immer Tafeldienst! Jeden verfluchten Tag!" Diese Stimme, die nach quietschenden Türangeln klang, konnte nur ihrer Klassenlehrerin Frau Pfund gehören. Krümel wich zurück.

„Frau Pfund! Was machen Sie denn hier?"

„Ich! Esse!", keifte Frau Pfund. Ihr Speichel flog in Krümels Gesicht.

„A- aber hier gibt es doch kein-", stammelte Krümel.

„Oh doch!", kreischte Frau Pfund. „Schon seit eintausend Jahren. Aber ich esse immer allein. Vor allem Sand, Dreck, Kriechtiere... und Schüler!"

Frau Pfund sprang auf Krümel zu. Die wich aus, hob einen Stein vom Boden auf und schleuderte ihn ihrer Lehrerin entgegen.

„Deine menschlichen Attacken können mir gar nichts anhaben!", keifte Frau Pfund durch die Dunkelheit. Ihr dämonisches Lachen hallte in der Baustelle wieder.

Als die Lehrerin erneut auf sie zusprang, griff Krümel blitzschnell in ihre Hosentasche und besprühte Frau Pfund mit Vanille-Deo.

„Aaargh, meine Augen! Meine Augen brennen wie Feuer!", kreischte Frau Pfund.

Krümel sprühte noch mehr, dann warf sie die leere Dose. Als die Lehrerin blind um sich schlug, zückte Krümel die Nagelfeile und versetzte dem Ungeheuer einen Dolchstoß.

„Dafür wirst du die Klasse wiederholen, für immer!", schrie Frau Pfund und krachte zu Boden. „Du wirst niemals aus dieser Schule herauskommen, hörst du? Niemals!"

Krümel rannte aus der Mensa, zurück zu den Schulfluren, die Treppe hinauf. Sie riss die erstbeste Tür auf, die sich öffnen ließ, und sank erschöpft zu Boden.

6 Die Gefährten

Mit dem roten Lippenstiftgekrakel im Gesicht passte Krümel ausgezeichnet in die neue Umgebung. Im Zwielicht wuselten vermummte Gestalten umher und murmelten Dinge wie „Erdelfe", „Angriffspunkte" oder „Randomir". Krümel erhob sich wieder und wischte sich den Schweiß von der Stirn, bis ihr Handrücken ebenfalls voller roter Farbe war. Sie wollte die Wesen ansprechen und fragen, was hier gespielt wurde, doch dies würde möglicherweise ihre Deckung gefährden.

„Macht Platz für König Randomir!", rief eine Schattengestalt und schwang einen Besen, an dem etwas befestigt war, das aussah wie eine tote Ratte.

Die anderen Wesen um Krümel herum raunten: „Randomir, Randomir, der König..." Plötzlich traten sie beiseite und schnell tat unsere Heldin es ihnen nach. „Ruhe bitte!" Das Besenzepter wurde erneut geschwungen und der König betrat den Raum. Er trug eine schwarze Kutte, deren Kapuze sein Gesicht gänzlich verhüllte. König Randomir hob eine Hand und es wurde so totenstill im Raum, dass Krümel sich kaum zu atmen traute. Da kippte eine Gestalt neben ihr mit einem lauten Klatsch einfach so um. „Du Tuppes!", schalt ihn jemand. „Du musst atmen!" Die Stimme kam Krümel bekannt vor, aber sie konnte sie nicht einordnen.

„Bringt ihn weg, meine Brüder!", befahl der König und ließ seine Hand wieder unter der faltenreichen Kutte verschwinden. Dann sagte er etwas, das Krümel nicht verstand. Eine fremde Sprache und sie war nicht von dieser Welt. Es klang eher als hätte er Schluckauf. „„Tschuldigung", sagte der König. „Ich hab Schluckauf." Dann fuhr er fort: „Die Karten schweigen dieser Zeit. Doch sprach der große Gundulf im Traume zu mir."

„Ooooh!", staunte die Menge.

„Oh", machte Krümel.

„Was sprach er, mein König?", fragte ein Zwerg, der keinen Meter entfernt von ihr stand.

„Er sprach", sagte der König, „»Kommt Zeit, kommt Rat. Kommt mehr Zeit, sind mit ihr die Ratten. Aber hat der Döner Zwiebel, dann wird die fette Fliege die Ritterin fressen.«"

„Ooooh!", staunte die Menge wieder.

„Oh", machte Krümel erneut.

„Und dann gab mir Gundulf diesen Ring!" Der König Randomir wühlte in den Taschen seines Umhangs. „Nun, wie's aussieht, nahm er mir diesen Ring gerade wieder. Hat hier vielleicht jemand ´nen Ring?"

„Ich!", rief die Schattengestalt mit dem Zepter. Das Wesen bahnte sich einen Weg nach vorn und da trafen sich die Blicke des großzügigen Ringgebers und der Kriegerin. Kurz sah sie sein Gesicht im Zwielicht. Es war ein Junge aus ihrer Parallelklasse.

„Basti?", fragte Krümel ungläubig.

„Schweig!", fuhr sie der König an und nahm den Ring entgegen. „Sein Name ist nicht Basti! Dieser Mann ist Kartenmagier und Wunderheiler Ichtscheknix! Und wer bist du, dass du so dreist seine Macht infrage stellst?"

Mist. Schnell überlegte Krümel, wie man hier so hieß.

„Das ist Feuertrollelfe Fallaferamullafa von Fellafallafillenfall!", kam ihr Basti alias Ichtscheknix zuvor.

„Ah, Eine Feuertrollelfe. Wir sprechen uns noch. Und nun belege ich dich mit dem Bann des Schweigens!"

„Ooooh!", rief die Menge.

„Oh", machte Krümel genervt.

„Nun gut." Randomir hob den Ring in die staubige, muffige Luft. „Gundulf sprach außerdem: »Benützt diesen heiligen Ring, um der Schule zu entkommen ins ewige Licht und Wochenende! Und wenn ihr dies geschafft, dann gebt mir euer ganzes Geld, ihr kleinen Popelfresser!«"

Die Menge klatschte begeistert.

„Halt!", rief Krümel. So langsam wurde ihr das alles zu dumm.

„Nein!" Ichtscheknix packte sie am Arm. „Krümel, tu's nicht", raunte er.

„Doch! Wir brauchen keinen Ring, um hier herauszukommen und auch keinen König. Wir brauchen nur Mut und-"

„Schweig!" Randomir zeigte mit dem Finger auf Krümel und murmelte einen Zauberspruch, den sie aus der aktuellen Vitalia-Müsliwerbung kannte. Tuscheln, ahnungslose Gesichter.

„Ich kämpfe für die Freiheit!", fuhr die Kriegerin fort. „Schließt euch der Bewegung an und wir werden alle heil hier herauskommen."

„Wache!", brüllte der König.

„Was hast du getan", jammerte Ichtscheknix. Zwei stämmige Orks stampften auf Krümel zu, packten sie und schleiften die sich heftig wehrende Kriegerin von der Versammlung weg. Die Unholde öffneten eine kleine, versteckte Tür am anderen Ende des Raumes. Unsanft landete unsere Heldin in der Gerümpelkammer, einem Friedhof kaputter Fernsehgeräte und zahlloser Kabel mit lang vergessenen Funktionen. Die Tür wurde zugeworfen und verbarrikadiert. Es war noch dunkler als im großen Raum vorhin. Krümels Knie waren aufgeschlagen und sie kauerte im Verlies.

„Willkommen", krächzte eine schwache Stimme ganz nah an ihrem Gesicht.

Krümel konnte den fauligen Atem riechen. Eine knochige Hand umklammerte die ihrige. „Ich bin Palumpalü. Ein Giftzwerg."

Krümel versuchte, höflich die dürre Hand zu schütteln. „Ich bin Falafel oder so. Wie lautet dein echter Name? Erinnerst du dich an ihn?"

„Mein... Name?", krächzte der Giftzwerg. „Es ist so lange her, dass mich jemand... Ich glaube... ja, ich glaube, es beginnt mit einem B." Die dürre Gestalt rutschte noch näher an Krümel heran. Voller Selbstbeherrschung tat Krümel einen tiefen Atemzug. Diese Mischung aus stinkender Fäulnis, Magensäure und abgestandenem Kaffee kam Krümel nur allzu bekannt vor. Da schrie unsere Heldin auf. Sie war in einem Kerker gefangen – mit ihrem Mathelehrer.

Plötzlich wurde die Tür wieder geöffnet. „Bitte, bitte tut mir nichts!", weinte Herr Brandenberger.

„Dich wollen wir nicht", sagte eine bekannte Stimme. Krümel blinzelte. Es war der König mit seinem Gefolge. „Feuertrollelfe Fallaferamullafa von Fellafallafillenfall?"

„Kann sein", antwortete Krümel.

„Folgt mir in den Palast! Ihr werdet mir Bericht erstatten über die Welt außerhalb der Festung!"

„Nicht so voreilig, Eure Majestät!", sagte Krümel. „Zuerst-"

„Den Giftzwerg freilassen?"

Herr Brandenberger schreckte auf und nickte wie wild.

„Blödsinn", winkte die edelmütige Kriegerin ab. „Erst...
zeigt Ihr mir Euer Antlitz!"

König Randomir zögerte kurz, doch dann nahm er seine
Kapuze ab und zum Vorschein kam... Tim!

„Ooooh!", staunte Krümel.

„Oh", wimmerte Herr Brandenberger.

„Tim, wieso spielt ihr MadGic-Karten, wenn es da draußen
ein echtes Abenteuer gibt?", fragte Krümel, als sie neben
Tim und dem Zauberer durch den Palast schritt. Der Palast
war ein verlassener Computerraum voller Elektroschrott
aus den 1990ern, den die MadGic-Nerds zu einer Festung
umfunktioniert hatten. Es war der einzige Abstellraum, in
dem es ein wenig Licht gab.

„Und warum haltet ihr Vollpfosten ausgerechnet Herrn
Brandenberger im Kerker gefangen? Ich dachte, ihr liebt
Mathe."

„Für Euch immer noch Eure Hoheit König Randomir",
sagte Tim. „Dies ist kein Spiel, Feuertrollelfe. Damals, als
die Bomben in den Hallen detonierten, suchten alle Wesen
dieser Schule nach Halt, Gemeinschaft, Zuversicht. Mein
treuer Freund Basti, äh, Kartenmagier Ichtscheknix, und
ich schützen die Gefährten vor dem Chaos. Der Giftzwerg
ist eine Opfergabe unserer Gemeinschaft an den heiligen
Gundulf."

„Den was?"

„Begreifst du denn nicht?" Tim packte Krümel an den Schultern und schüttelte sie, als wolle er sie aufwecken. „Gundulf prüft uns. Er hat diese Schule ins Chaos gestürzt, um die Gläubigen von den Ungläubigen zu trennen. Dass Ihr es lebend durch die Schulflure zu uns geschafft habt, Feuertrollelfe, ist ein Zeichen des großen Gundulf. In der Prophezeiung sprach der Allmächtige von einer Ritterin. Stellt Euch in meine Dienste und ich werde Euch zur Ritterin schlagen."

Basti der Magier schwang den Besenstiel mit der toten Ratte. „Kniet nieder vor König Randomir und Gundulf, unserem Retter und Erlöser."

„Nein", sagte Krümel. „Erstens kann ich gar keine Ritterin sein, weil ich kein Pferd habe. Und zweitens hast du dir diese bescheuerte Prophezeiung selbst ausgedacht. Wenn ihr mir nicht helfen wollt, dann schaffe ich es allein."

„Alle Prophezeiungen hat sich irgendjemand ausgedacht", sagte der Tim und zuckte die Achseln. „Das macht sie nicht weniger effektiv."

„Verneigt euch wenigstens, Feuertrollelfe Fallaferamullafa von Fellafallafillenfall", schlug der Magier vor.

„Vergiss es." Sie wich dem Besenstiel mit der toten Ratte aus. „Ich heiße Krümel und ich verneige mich vor niemandem."

„Nun gut", sagte Tim. „So ziehet von dannen und tretet der Armee des Nichtrauchers allein entgegen. Möge die Macht des großen Gundulfs mit Euch sein."

„Dein Ernst, Tim? Du willst mir nicht helfen, nur weil ich nicht so tue als wärst du ein König?"

„Verlasst unser Königreich oder verendet im Verlies", sagte der Magier mit Nachdruck und schwang erneut den Besenstiel.

„Ihr seid solche Lappen", sagte Krümel. Dann stieß sie die Tür des Computerraums auf und ging.

7 Momo und Ace

Der Bürgermeister schaute aus dem Fenster auf den Rathausplatz. „Hat die Polizei bereits das Schulgebäude umstellt?", fragte er seinen Assistenten.

„Ja. Aber der Amokläufer hat womöglich Geiseln genommen."

„Verdammt. Warum muss das ausgerechnet in einem Wahljahr passieren?", sagte der Bürgermeister nicht. Stattdessen sagte er: „Verdammt. Was ist der Plan der Kriminaloberkommissarin?"

„Sie wird eine Spezialeinheit schicken: Sondereinsatzkommando und Verhandlungsgruppe. Die Lokalpresse ist schon vor Ort."

„Sehr gut", sagte der Bürgermeister.

„Die Landesregierung hat die Tat gerade eben verurteilt", sagte der Assistent, die Augen auf sein Handy gerichtet.

„Und die Bundesregierung plant eine Pressekonferenz. Wir sollten unsere Pressesprecherin unverzüglich vor die Kameras schicken oder wenigstens einen cleveren Tweet schreiben lassen, sonst stehen wir ganz schön blöd da."
„Was ist ein Twieht?", fragte der Bürgermeister.

Die Polizei umstellte das Schulgebäude. Das SEK ließ einen Baukran auf den Pausenhof fahren, von dem aus zwei Beamte der Verhandlungsgruppe mit Megaphonen zu dem Amokläufer sprechen sollten. Es gab nur ein klitzekleines Problem: Sie hatten noch immer keinen blassen Schimmer, wer der Nichtraucher war und wo er sich genau befand. Die Informatikerinnen arbeiteten mit Hochdruck daran, den Schüler zu identifizieren und seine Schwachstelle zu finden. Ihre Tätigkeit wurde allein dadurch erschwert, dass es im Landeskriminalamt mal wieder keine Internetverbindung gab. Vielleicht konnte man ja per Fax…

Krümel war auf der dritten Ebene angekommen. Sie stand im Raum C325 und sie war allein. C325 war ein trostloser Raum. Der Boden staubig und schmutzig, die Wände beschmiert. Blass-roter Ziegel, Stein auf Stein, bekritzelt mit blasser Kreide und verblasstem schwarzen Filzstift. Eine Steckdosenleiste in der Wand. Für Krümel waren die Ziegelsteine nur Ziegelsteine. Fest, unbeweglich, unbrauchbar als Waffe. Dem Nichtraucher waren sie einerseits ein Mittel, seine Opfer in der Schule festzuhalten, andererseits waren ihm die Ziegel spinnefeind. Für ihn schien jeder Stein schadenfroh zu singen, er, der Nichtraucher, sei nichts weiter als einer von ihnen; *just another brick in the wall.* In eine der umgekippten Schulbänke in diesem kleinen, beengenden Raum stand eingeritzt WE DON'T NEED NO EDUCATION und WE DON'T NEED NO THOUGHT CONTROL. Eine der Steckdosen, die fünfte genau, streckte eine rosa Kaugummi-Zunge heraus als schrie das löcherne metall-bezahnte Maul der Steckdose Krümel an. Die blassgrüne Tafel war zerschlagen, von Kreidestaub verschmiert. Alle Spuren wiesen auf den Nichtraucher hin. Er konnte nicht mehr weit sein.

Es war töricht vom Nichtraucher gewesen, sich oben im Schulgebäude zu verschanzen. Unnötige Symbolik. Er wollte thronen über dem Pöbel; die Widerlinge wuselten weit unter ihm herum wie die Kellerasseln (Mmmm... Kellerasseln. Was gäbe Krümel jetzt für eine Mahlzeit). Der Nichtraucher konnte von seinem Thron aus unmöglich sehen, was sich auf den unteren Ebenen im Zwielicht abspielte. Er schien die Kontrolle über die Abiturensöhne zu verlieren, falls er sie jemals gehabt hatte. Doch falls der Nichtraucher noch weitere Geiseln in seiner Gewalt hatte als nur die beiden bescheuerten Lehrer, dann musste Krümel auch diese um jeden Preis befreien. Na gut, außer es war eine der Tussityranninnen. Wie lange war Krümel nun schon hier? Sicher länger als der normale Unterricht angedauert hätte. Diese Vorstellung schürte ihre Wut gegen den Nichtraucher. Ausgerechnet an einem Freitag. Hätte er nicht an einem verdammten Montag Amok laufen können? Hungrig und erschöpft wühlte Krümel schließlich in einem überfüllten Mülleimer herum. Ihr durchgeschwitztes T-Shirt klebte an ihrer Haut. Wie eine streunende Katze durchforstete Krümel den Mülleimer nach Essbarem. Zerknülltes Papier, vollgerotzte Taschentücher, leere Füllerpatronen.

Vielleicht... Krümel schielte zum rosa Kaugummi in der fünften Steckdose hinüber... vielleicht war es ja noch gut? Sie schüttelte sich. Kellerasseln und ausgespuckter Kaugummi! Vielleicht sollte sie weiterziehen und Leben retten statt an Leckereien zu denken.

Die Zwölftklässler Ace und Momo hingen ab. Die achtzehnjährige Ace, deren Name eigentlich Alicia war und der siebzehnjährige Momo, der eigentlich Mohammed hieß, hatten sich am Freitagvormittag während der Pause in eine der durch täglichen Vandalismus schwer gezeichneten Jungentoiletten zurückgezogen, die hinterste Kabine gewählt und sich darin eingeschlossen, um auf dem Klodeckel einen Joint zu bauen. Aces Eltern, stinklangweilige, untote Senioren, deren Leben sozusagen beim „Ja, ich will" geendet hatten, waren am ersten sonnigen Wochenende des Jahres auf die ach so erfrischende Idee gekommen, einen Ausflug nach Amsterdam zu unternehmen. Ace hatte die Qual der Wahl gehabt: Drei Tage Houseparty und nachher Anschiss, Aufräumen und „House"-Arrest oder Amsterdam. Weise entschied sie sich für den Wochenend-Trip. Die Eltern waren ins Museum gegangen, Kunst und so. Die wissbegierige Ace war begeistert gewesen von den Museen, allerdings hatte es sich dabei ausschließlich um das Sex- und das Hanf-Museum gehandelt. Die Eltern waren in „ein nettes kleines Café" gegangen, Ace in die Coffeeshops. Die Eltern hatten sich über die Geschichte der Stadt informiert, Ace über Wirkungen und Preise. Die Eltern hatten Frikandel probiert, Ace Pilze. Die Eltern hatten Fahrräder gemietet, Ace einen Stripper. Als die Eltern am nächsten Morgen in aller Herrgottsfrühe aufgestanden waren, um die Ersten beim Frühstücksbuffet des ranzigen Hotels zu sein und Ace pleite, verschwitzt, breit und todmüde ins Bett gefallen war, hatte die ganze Familie einen wunderbaren Tag gehabt.

Ace öffnete ihre Stiftmappe und sofort stürmte ein starker, schwerer, süßlicher Duft in Momos empfindliches Riechorgan. Trotz luftdichter Verpackung war der Geruch der grün-silbernen Blüten verflucht stark. Aces lange Haare rochen danach, Aces Kleidung, ihre Schultasche. Sie krümelte noch mehr Gras in das hauchdünne Papierblättchen, steckte einen kleinen Papp-Filter in den gedrehten Joint und haute ihn in einer gekonnt lässigen Handbewegung mit einem Plastik-Feuerzeug an, auf dem ein Pik Ass zu sehen war, Aces Markenzeichen. Mohammed beobachtete genau wie Ace den Rauch einatmete. Er wollte sich nicht blamieren. Das hübsche Mädchen reichte ihm den Blunt.

„Alter", begann Ace. „Ich hab mich in Holland so wegge-knallt, dass ich mich mindestens ´ne halbe Stunde mit ´nem Garagentor unterhalten hab..."

„Und?", fragte Momo. „Irgendwelche neuen Erkenntnis-se?"

„Nee, aber es geht ja noch weiter, Digga: Ich wollte natür-lich direkt in den nächsten Shop, geiler Scheiß, hab ich ge-dacht. Aber dann... läuft die Straße vor mir weg! Und dann meine Beine! Und plötzlich hab ich so Pink Floyd-Ge-dächtnis-Mukke im Kopf und alles dreht sich." Ace fuch-telte wild mit den Armen herum, um ihre Orientierungs-losigkeit zu gestikulieren.

„Ey, du lügst doch", grinste Momo, reichte ihr den Joint.

„Ich schwör, Bruda!" Zur Bekräftigung ihrer Aussage trat sie gegen die Tür der Toilettenkabine „Den Shit, den du hier kriegst, kannste wegschmeißen. Das ist doch alles mit Haarspray gestreckt. Der Müll macht dich nicht high, son-dern low... Davon wirste krank, Mann."

Momo grinste breiter und breiter.

„Alles klar, Momo?", fragte Ace.

„Jep", kicherte er und stimmte spontan das volkstümliche Lied „Fick die Uni" der Antilopengang an.

Als der Nichtraucher seinen Amoklauf begonnen hatte, flogen Momo und Ace längst in einem Klokabinen-Raum-schiff durch das All. Sie hatten nach dem ganzen Gekiffe einen üblen Fressflash bekommen und aus Bequemlichkeit einfach die Magic Mushrooms verputzt. Sterne blitzten aus der unendlichen Dunkelheit des Seins hervor. Galaxien aus leuchtenden Farben, für die es keine Namen gab. Dinge, die Momo und Ace nicht beschreiben konnten, weil es keine Definitionen dafür gab. Momo wies den Androiden, der dem Klo verdächtig ähnlich sah, an, das Raumschiff sicher in die nächste Dimension zu befördern. Auf Aces Handy lief sehr laut Drum'n'Base-Musik, bis der Akku erstarb. Die Beiden verloren ihr Zeitgefühl, entglitten der Realität und trippten immer weiter. Es gab außerirdisches Leben, unendlich viel Leben und unendlich viel Nichts. „Unendlichkeit" war plötzlich kein dahergesagtes Wort mehr, um den Physikunterricht beim monotonen Herrn Schnickel zu beschreiben und auch keine theoretische Rechenmethode im Matheunterricht beim wahnsinnigen Herrn Stuhr, sondern ein so gewaltiger Sinneseindruck, dass Momo und Ace tatsächlich versehentlich ihren Horizont erweiterten.

Die zwei Abgedrifteten hatten gerade ihre brummenden Schädel in der Kloschüssel abgekühlt und unterhielten sich, als eine durstige, erschöpfte Krümel die demolierte Jungentoilette erreichte. Mit letzter Kraft kickte sie die Tür auf und erhaschte einen Blick auf die Waschbecken. Dort stand niemand. Es roch nur sehr seltsam. Krümel kannte diesen Geruch von irgendwoher. Aber woher nur? Ihr Körper brauchte Wasser, um ihr Hirn wieder vernünftig arbeiten zu lassen. Im Übermut der Verzweiflung quälte sich unsere Heldin in den Raum hinein, drehte einen der Wasserhähne auf, hielt ihren Kopf ins Waschbecken und streckte die Zunge aus. Das Wasser rauschte beruhigend und war angenehm kühl. Doch selbst das Wasser, diese Quelle des Lebens, schien seltsam süßlich zu riechen. Krümel hustete und verschluckte sich am Wasser. Sich laut räuspernd und zwischendurch immer noch hustend stellte sie sich wieder aufrecht vor das Waschbecken und sah zu den Kabinen. Sie hörte Gekicher und Gemurmel. Da fiel es ihr wie Schuppen von den Augen: Viele der älteren Schüler rochen so. Es war wohl eine Art Mode-Parfüm. Bei Krümel löste es allerdings bloß Halskratzen und Brechreiz aus. Lauerten etwa Abitursöhne in der Kabine? Krümel klammerte sich an den Waschbeckenrand. Das Wasser strömte immer noch aus dem Hahn. Da stieg eine große Rauchwolke aus der Kabine empor. Wo Rauch war, musste auch Feuer sein. Was hatte das zu bedeuten? Krümel spitzte die Ohren.

„Jo, ich werd' Rockstar, Homie", hörte die junge Heldin eine verbrauchte Frauenstimme sagen. „Oder Pornostar. Und dann nenne ich mich Ace Amsterdam."

„Aber wozu brauchst du dann Abi?", fragte eine tiefere Stimme, deren Besitzer leicht bis mittelschwer zurückgeblieben klang.

„Naja... Ich könnte Pornographie studieren oder sowas."

„Kann man das denn?", fragte der Unterbelichtete.

„Keine Ahnung, Diggi, aber wenn nicht, sollte man's schleunigst erfinden", antwortete die Verbrauchte nach einer Weile.

„Also ich will ja Unicef-Botschafter werden", krächzte der Typ und atmete so tief und geräuschvoll ein wie Darth Vader. „Weißte, Frieden und so."

„Ja, ey, Frieden. Coole Idee, Alter. Frieden ist geil!", ereiferte sich die Frau mit der Raucherlunge.

„Ja", freute sich der Unterbelichtete. „Frieden ist voll geil!"

„Geil, Alter", wiederholte die Frau mit den Schmirgelpapier-Stimmbändern. „Echt voll geil."

Es folgte viel dummes Gekicher und die Ohren beleidigender Gesang.

Krümel begriff, dass diese beiden Deppen keine Gefahr für sie darstellten. Sie trank noch eine ganze Weile lang in Ruhe Leitungswasser, fragte sich dabei angewidert wie diese komischen an der Wand hängenden Schüsseln wohl funktionierten und wählte dann lieber eine Kabine. Dass es kein Licht und weder Klopapier noch Seife auf der Toilette gab, hatte nichts mit dem Amoklauf zu tun. Hygiene wurde an der Chaos-Schule nicht gerade groß geschrieben. Groß geschrieben waren immer nur die Sprüche auf den Klowänden. Zerquetschte Limonaden-Dosen und komischer Kram aus dem Werkraum bildeten eine abstrakte Müllmauer vor dem Toilettenfenster, das mit Gitterstäben verriegelt war.

Krümel sank auf die schmierigen Fliesen und rieb sich die Augen. Wann hatte sie zuletzt geschlafen? Was sollte sie essen? Wie lange war sie schon hier eingesperrt und wie lange würde sie noch hier drin bleiben? Der Amoklauf und die Geiselnahme gaben dem Wort „Ganztagsschule" letztendlich die Bedeutung, die die Schülerinnen und Schüler im Gegensatz zu ihren Eltern gleich erkannt hatten. Vielleicht behielt Frau Pfund recht und Krümel würde diese Schule nie mehr verlassen. Sie stellte sich vor, im Alter von dreißig Jahren noch immer hier zu leben. Würde sie jemals wieder Wochenende haben? Oder Spaghettieis essen? Ihren Gameboy wiedersehen? Ihr Lieblingsplüschtier knuddeln? Unsere Kriegerin verließ der Mut. Wie sollte sie, eine ein-Meter-fünfzig kleine Sechstklässlerin, die Abitursöhne und den Nichtraucher besiegen? Sie hatte nicht einmal eine Waffe.

Da blitze etwas unter dem Waschbecken auf. Krümel rieb sich erneut die Augen. Wasser? Urin? Nein! Sie stürzte sie sich auf die Spiegelscherbe. Die Abitursöhne mussten sie übersehen haben. Nur jemand, der so klein war und so zusammengekauert auf dem Boden hockte wie Krümel, konnte diese Scherbe sehen. Die Kriegerin war nun im Besitz einer Waffe, die vielleicht schärfer war als ihr Verstand. Sie schnitt sich an der großen glitzernden Scherbe, als sie diese mit zitternder Hand ergriff und in die Hosentasche steckte, aber das war ihr egal. In einem Anflug von Größenwahn trat Krümel gegen einen der Wasserhähne. Sie randalierte wie eine Irre. Ein an den Enden völlig verrostetes Rohr gab schließlich nach und schepperte vor Krümel zu Boden. Sie war wild. Sie war stark. Sie war die unbesiegbare Krümel und hatte vor nichts und niemandem Angst. Krümel fuhr sich mit ihrer blutenden Hand übers

Gesicht, um ihre Kriegsbemalung aufzufrischen. Dann hob sie das Metallrohr auf und umklammerte es mit ihrer roten Hand. Sie hielt das Rohr vor sich wie ein Schwert, lächelte. Unsere Heldin verließ die Jungentoilette.

8 Die Treppen des Todes

Sie hatten es aus den Nachrichten erfahren. Sofort fuhren Krümels Mütter (ja, sie sind lesbisch, deal with it) zum Schulgebäude.

„Weißt du, ich hatte auch eine schwere Schulzeit", sagte gerade ein Beamter ins Megaphon. „Rauchen fand ich immer doof. Es riecht und schmeckt furchtbar und es brennt in der Lunge."

„Was zum Teufel machen die da?", fragte Krümels Mutter. Die anderen Eltern weinten und rannten panisch herum. Sie versuchten wahlweise die Kriminaloberkommissarin oder den Einsatzleiter anzusprechen, die wiederum voll und ganz auf den Einsatz konzentriert waren. Nach der Lokalpresse waren inzwischen überregionale Fernsehteams angerückt und versuchten, die weinenden Eltern für Interviews zu gewinnen.

„Er war immer ein ganz ruhiger Junge", sprach eine ältere Dame ins Mikrophon. „Er mag ein wenig seltsam sein und keine Freunde haben, aber er ist ein ganz Lieber."

„Der Amokläufer?", fragte eine Journalistin. „Wissen Sie

etwa, wer er ist?"

„Mein Sohn ist doch kein Amokläufer!", rief die Dame entrüstet. „Er ist der Schuldirektor."

Die Journalistin schlug sich mit der flachen Hand gegen die Stirn.

„Haben Sie meinen Sohn schon gefunden?", fragte die Seniorin. „Ich mache mir Sorgen."

Krümel stand vor den Treppen, die zu den Laborräumen führten. In weiter Ferne konnte man das schwache Licht der Fensterfront sehen. Hier gab es keinen Unterschlupf mehr, keine Seitentür, keinen Weg, um auszuweichen. Nur noch das Treppenhaus. Krümel hielt das Metallrohr schützend vor sich und begann den Aufstieg.

„Hilfe! Hilfe!", rief jemand von der Treppe über Krümel.

Unsere Heldin hastete nach oben.

An Händen und Füßen gefesselt steckte Herr Schnickel mit den Schultern im Treppengeländer fest. Auf der Stufe direkt über ihm saß eine Tussi, die das dünne Resthaar des Lehrers zu einem Kranz flocht und mit Haarspangen schmückte, welche sie im Mundwinkel aufbewahrte wie Handwerkerinnen es manchmal mit Schrauben und Nägeln tun. An Herrn Schnickels Zehen nagte eine Ratte, die wahnsinnig aussah.

„Nana?", fragte Krümel entsetzt. „Was machst du denn hier?"

„Du hättest mir was Nougat mitbringen sollen", sagte Nana

ruhig und lächelte gekünstelt. „Oder soll ich etwa Herrn Schnickel essen?" Angewidert rümpfte sie die Nase.

„Hilfe!", schrie Herr Schnickel erneut.

„Ich hab nie gesagt, dass ich dein oder Mimis blödes Regime unterstütze."

„Du miese Verräterin!" Die Tussityrannin sprang auf und schnappte mit einer Wimpernzange nach unserer Heldin. Plastikhaarspangen fielen aus ihrem Mund.

Krümel schwang das Metallrohr. Nana wich aus, stolperte und knickte in ihren High Heels um. Sie stürzte auf Herrn Schnickels Beine. Empört, dass dieses penetrant nach Billigparfüm, Vanille-Deodorant und Tierversuchsschminke riechende Mädchen einfach so auf ihrer Mahlzeit gelandet war, biss die Ratte Nana ins Bein und huschte davon.

„Aaaah, jetzt hab ich die Seuche!", kreischte Nana. „Dafür wirst du bezahlen!" Sie zog sich am Treppengeländer hoch und warf sich mit gefletschten Zähnen auf Krümel, versuchte, sie zu beißen wie ein Zombie. Nanas lange Plastikfingernägel gruben sich in Krümels Hals.

Krümel schlug mit dem Rohr dorthin, wo sie die Bisswunde in Nanas Bein vermutete.

Die Tyrannin schrie auf. Krümel riss sich los und verpasste ihr einen weiteren Schlag gegen die Beine, sodass Nana gänzlich den Halt verlor und die Treppe hinunterstürzte.

„Danke!", rief Herr Schnickel. „Ich danke dir!"

„Wofür?", fragte Krümel.

„D- du bist doch gekommen, um mich zu befreien?", fragte

Herr Schnickel zögerlich.

Krümel rollte mit den Augen, zog die Spiegelscherbe aus ihrer Tasche und schnitt damit die Fesseln durch.

„Danke! Wo gehen wir jetzt hin?", fragte Herr Schnickel.

„Wir?", fragte Krümel.

Herr Schnickel senkte den Kopf. „Oh, okay. Jeder kämpft für sich allein, was?"

Krümel nickte und wandte sich zum Gehen.

„Warte", sagte der Physiklehrer.

„Gib mir das Rohr und das Spiegelstück."

„Was? Nein", sagte Krümel.

„Du bekommst beides sofort zurück, versprochen." Er hob die Seile auf, mit denen man ihn gefesselt hatte. „Ich baue dir eine bessere Waffe", sagte er.

„Zeig mir lieber, wie ich selber eine bauen kann", entgegnete Krümel.

Herr Schnickel lächelte.

Während Krümel das Metallrohr hielt, band er die Spiegelscherbe am oberen Ende fest.

„Im Physikraum gibt es einen Bunsenbrenner und Einiges an Werkzeug. Finde es, bevor die Abituren alles klauen, dann kannst du dir ein richtiges Schwert schmieden."

„Danke, Herr Schnickel."

„Ich wollte ja immer Installationskünstler werden", sagte er leise. „Aber die Stelle für Physik war gerade frei."

Krümel schwang ihr Schwert zum Test in der Luft herum. Mit der Spiegelscherbe als Spitze sah es eher wie eine Lanze aus. „Jetzt verstehe ich auch, warum Ihr Unterricht so langweilig ist. Sie haben selber keinen Bock drauf."

„Was?", fragte Herr Schnickel.

„Was?", fragte Krümel.

Sie verabschiedeten sich voneinander.

Krümel setzte ihre Reise fort, erklomm die Treppen des Todes, und konnte bald schon das Gegröle der Abiturensöhne in der Ferne vernehmen. Da kam ihr ein Junge auf einem Skateboard entgegengeschlittert. Es war schwer zu sagen, ob er zum Stamm der Emos oder der Bonzenkinder gehörte, da er ein Polohemd und Jeans trug, aber auch eine Menge Kajal und eine Sicherheitsnadel im Nasenflügel.

„Hi!", sagte Krümel.

„Hey." Zur Begrüßung schüttelte er eine fettige Haarsträhne aus seinem Sichtfeld.

„Wo hast du denn das Skateboard her?", wollte Krümel wissen.

„Bist du ne Amokpolitesse, oder was?", fragte er. „Ich hab's gerade aus der Pause mit reingenommen, als die Abiturensöhne die Türen verriegelt haben. Wo hast du das Rohr mit der Scherbe her?"

„Das ist mein Schwert", sagte Krümel.

„Biste ne Ritterin oder was?"

„Seh ich aus als hätte ich ein Pferd?"

„Auch wieder wahr. Wenn du nach oben willst, ist das allerdings blanker Selbstmord. Zu viele Abituren und Abiturensöhne. Ich konnte gerade noch abhauen."

„Danke für die Warnung", sagte Krümel, „Aber ich muss weiter. Unten ist eine wahnsinnige Tussityrannin mit Rattenseuche. Pass auf, dass sie dich nicht beißt."

„Danke", sagte der Junge und schaute nach oben. „Aaah shit."

Eine Horde Abiturensöhne torkelte die Treppen hinunter.

„Hey! Ihr da!", rief einer. „Was soll das werden?"

Ein Abiturensohn in Schulmädchenkostüm zückte seine Pistole. Der Junge klatschte ihn mit dem Skateboard weg.

„Lauf!", rief er Krümel zu, doch sie dachte gar nicht daran. Ein Rudel Abiturensöhne kam ihr entgegen, allesamt bewaffnet. Manche hatten Teppichmesser aus dem Kunstraum entwendet, andere warfen Wasserbomben oder schleuderten Lederbälle mit aller Kraft in Krümels Richtung. Krümel schwang ihr Schwert. Die Abituren setzten Alk-Atem und Raucherhusten ein. Krümel wich angeekelt zurück. Der Junge rannte davon, als eine Abiture sein Skateboard aufhob und zum Gegenangriff ausholte. Unsere Heldin kämpfte weiter, sah im Augenwinkel noch mehr Partyzombies anrücken. Weil sie so viel größer waren als die Kriegerin, musste Krümel das Schwert über ihren Kopf halten und bald lahmten ihre Arme. Skateboard und Schwert kreuzten sich in der Luft. Die Abiture bleckte die Zähne. „En garde, bitch." Sie trat nach Krümel, der die Beine wegknickten. Unsere tapfere Heldin verlor den Halt und ihr Schwert. Die ultimative Skateboard-Backpfeife raste auf sie zu. Patsch!

Die Abiture ging zu Boden. „Aaah, die Seuche!", schrie sie.

Krümel hob ihren Blick.

Kartenmagier und Wunderheiler Ichtscheknix hielt das Zepter, das ihm gleichzeitig als Zauberstab diente, mit der verwesenden Ratte in Richtung der Abitursöhne.

„Alle Wesen mit über zehn Angriffspunkten, egal welcher Elemente und Gattungen", sprach Tim. „Auf ins Gefecht!"

„Tim! MadGic-Spinner!", rief Krümel erfreut.

Die Gefährten johlten wie eine Horde Barbaren und zogen in eine unerbittliche Schlacht gegen die schwankende Dreizehner-Armee. Zwerge sprangen Abitursöhnen in den Nacken; erdolchten sie mit piksenden Zirkeln und Geodreiecken. Dämonen zerschnitten ihren Gegnerinnen und Gegnern mit Papier die Hände. Elfen schossen messerscharfe Bleistifte mit Gummibändern. Orks rannten die stärksten Dreizehner einfach um. Trolle verletzten ihre Gefühle mit fiesen Sprüchen, bis die Abitursöhne nach ihren Eltern riefen. Wer nicht Reißaus nahm, wurde mit Kabeln aus dem Computerraum ans Treppengeländer gefesselt wie an einen Marterpfahl.

Krümel und Tim fielen einander in die Arme. „Cooles Schwert", sagte Tim.

„Coole Armee", sagte Krümel.

Tim zog einen angeknabberten Buntstift aus seinem Umhang. „Meine Mama sagt immer, dass Stifte nicht zum Essen da sind, aber ich dachte mir, dass du vielleicht auch

Hunger hast."

„Wow, danke!" Beherzt biss Krümel in den Buntstift. Mmmmm… dunkelblau.

„Auf zum Endgegner?", fragte Tim. Sein treuer Hofmagier deutete mit dem Rattenseuchenstab auf das Licht am Ende der Treppe.

Krümel nickte. „Auf zum Endgegner."

Mit zur Raute gefalteten Händen stand sie vor dem Fernseher und verfolgte die Berichterstattung.

„Geben Sie mir Bürgermeister Lusche", verlangte die Kanzlerin. Ihr Assistent gehorchte.

„Es ist Superwahljahr, Lusche! Super. Wahl. Jahr."

„I-ich weiß, Frau Doktor Kanzlerin, es tut mir ja leid, ich-"

„Keine Ausreden. Dieser ganze Einsatz ist eine Lachnummer. Sie müssen zurücktreten."

„Ich? Zurücktreten? Aber-"

„Keine Sorge, Lusche. Ich werde Ihnen bei der Pressekonferenz der Bundesregierung mein vollstes Vertrauen aussprechen."

„Oh nein!", rief der Bürgermeister.

„Oh doch. Und dann werden Sie sich selbst zum Rücktritt entscheiden. Aus Demut. Haben Sie das verstanden, Lusche?"

„Aber ich… ich bin ein guter Bürgermeister", brachte er unter Tränen hervor.

„Es ist nicht Ihre Schuld, aber Ihre Verantwortung", sagte die Kanzlerin. „Sie haben mein vollstes Vertrauen." Dann legte sie auf.

Bürgermeister Lusche sank in seinem Sessel zusammen und bedeckte sein Birnengesicht mit den Händen.

9 Der Endgegner: Chemie, Physik & Biologie

„Verpisst euch!", rief der Nichtraucher aus dem Fenster. „Sonst knall ich den Schulleiter ab!"

„Wage es jah nicht, du Frechdachs!", schalt ihn die Seniorin und streckte ihren Mittelfinger in die Luft.

„Geben Sie das her!" Die Kriminaloberkommissarin nahm der Seniorin das Megaphon weg. Die beiden Verhandlungsspezialisten auf dem Baukran berieten, was zu tun war.

Krümel und Tim hatten das oberste Stockwerk mit den Räumen für Naturwissenschaften erreicht. Sie durchforsteten das Labor nach nützlichen Geräten. Das Meiste hatten die Abituren bereits mitgehen lassen. Sie hatten sogar den Alkohol mitgenommen, in dem vorher menschliche Organe und tote Tiere eingemacht gewesen waren. Tim kaute auf einem Regenwurm herum, während Krümel die klapprigen Regale hinaufkletterte und einen ausgestopften Leoparden mit sich herunterriss. Sie band und schraubte den Leoparden auf das Skateboard. „Kannst du vielleicht mal mithelfen und nach dem Bunsenbrenner suchen?", fragte Krümel.

„Wir haben Feuerzeuge von den Abitursöhnen, das sollte doch reichen", sagte Tim.

„Nein, die Flammen sind nicht heiß genug, um Metall zu schmelzen."

„Ab wann schmilzt eigentlich welches Metall?", fragte Tim.

Krümel zuckte die Schultern. „Hab nicht zugehört, als Schnickel von Schmelzpunkten gesabbelt hat." Sie setzte sich auf den rollenden Leoparden, mit einem Fischherz-Snack in der linken und ihrem improvisierten Schwert in der rechten Hand.

„Ja, als ob wir so was jemals außerhalb von Hausaufgaben und Tests brauchen würden", sagte Tim. „Und wie machen wir das jetzt, ohne… Dings… Schmelzpunkt?"

Der Magier betrat das Labor. „Wir haben unser Waffenarsenal deutlich erweitert, vor allem um-" Er stockte. „D-die Prophezeiung", stammelte er. „Sie ist wahr."

„Hä?" Tim drehte sich um. Die beiden MadGic-Freaks schauten unsere Ritterin an, die mit Schwert und Gefährt durch das Labor rollte.

„Man muss nur selbst dran glauben", sagte Tim und lächelte.

Gemeinsam berieten Krümel und die Gefährten ihre Strategie für die große, letzte Schlacht. Sie ritzten Lagepläne und Aufstellungen in die Schulbänke und -Tische.

„Nennen Sie uns Ihre Forderungen", sagte der Einsatzleiter.

„Ich will einen Fluchtwagen", brüllte der Nichtraucher aus dem Fenster. „Fünfhunderttausend Euro in bar, ein One-Way-Ticket nach Panama und einen Döner mit extra Zwiebel. Und mit extra meine ich obszön viel Zwiebel. Aber zackig!"

„Die Prophezeiung", raunte Tim aus seinem Versteck heraus.

„Was?", zischte Krümel.

„Kommt Zeit, kommt Rat. Kommt mehr Zeit, sind mit ihr die Ratten. Aber hat der Döner Zwiebel, dann wird die fette Fliege die Ritterin fressen."

„Das ist immer noch ausgedacht", flüsterte Krümel. „Niemand wird mich fressen."

„Gundulf ist mir wirklich im Traum erschienen", beteuerte Tim.

„Ruhig jetzt."

„Halbe Mille ist'n Schnäppchen", murmelte der Einsatzleiter. „Damit kommt der eh nicht weit."

„Hat der noch nichts von der Finanzkrise gehört oder was?", wunderte sich die Kriminaloberkommissarin.

„Mein Lieblingsyoghurt", sagte der Einsatzleiter, „kostet jetzt sechsunddreißig Euro pro Becher. Und das ist noch der Discounterpreis."

„Also akzeptieren wir seine Forderungen?", wollte der Beamte von der Verhandlungsgruppe wissen.

„Ja, gib ihm", sagte die Kriminaloberkommissarin.

„Gib ihm", sprach der Einsatzleiter ins Walkie-Talkie.

„Wir akzeptieren Ihre Forderungen!", schallte es über den Pausenhof.

„Dann macht hinne!", rief der Nichtraucher und warf das Fenster zu.

Als er sich umwandte, sah er eine Ritterin, die ihm auf einem Leoparden entgegenskatete. Ihre Schwertspitze blitzte im Licht.

Der Nichtraucher duckte sich weg. Zu Krümels Überraschung zog er einen Badminton-Schläger hervor. Die Waffen kreuzten sich in der Luft.

Herr Pringel, der neben Herrn Kläger und Schuldirektor Regen auf dem Boden gefesselt dalag, machte Laserschwert-Geräusche.

„Lass das", zischte ihn Herr Kläger an.

„Wrrrooom, wrrroooom", fuhr Herr Pringel nun lauter fort.

Ritterin Krümel, flink und wendig, wich dem Schläger aus und lieferte sich ein Gefecht mit dem Nichtraucher, bis sogar seine exzellente Nichtraucherlunge außer Atem war.

„Genug gespielt", keuchte er und zog mit der freien Hand eine Pistole aus seiner Hosentasche. Diese hier sah nicht so aus als würde sie Wasser, Kleber oder Farbe abfeuern. Die Lehrer schrien auf. Krümel trat einen Schritt zurück und wäre beinahe über ihren Leoparden gestolpert. Der Nichtraucher ließ den Badmintonschläger fallen und bedeutete Krümel, es ihm nachzutun. Langsam legte sie ihr Schwert ab, ohne dabei den Nichtraucher aus den Augen zu lassen, dann hob sie ihre Hände in die Luft.

„Du bist mir egal", sagte der Nichtraucher und richtete die Waffe auf die Drei am Boden. Den Lehrern stockte der Atmen. Mit einem Klickgeräusch entsicherte der Nichtraucher seine Waffe.

„Mama!", rief Herr Pringel.

Schuldirektor Regen begann zu weinen.

„Ich weiß, es sind nur Lehrer", sagte Krümel, noch immer die Hände in die Luft gestreckt. Zu ihrer eigenen Überraschung fuhr sie fort: „Aber auch sie sind Menschen und verdienen Respekt. So wie du und ich."

„Ich wollte nie Lehrer werden!", klagte Herr Kläger, der in einer Fötusposition auf dem Boden hin- und herrobbte und dabei wie ein sterbender Shrimp aussah. „Aber was hätte ich sonst tun sollen, mit einem mittelmäßigen Abschluss in Philosophie und Germanistik?"

„Kläger hat recht", gestand Herr Pringel. „Die Schule ist ein hartes Pflaster, aber die Welt da draußen ist härter. All diese… Rechnungen." Auch ihm stiegen wieder die Tränen in die Augen. „Ich wolle eigentlich Rapper werden. Die Lehrtätigkeit war erst nur dazu da, meinen Lebensunterhalt zu sichern. Aber man rutscht da so rein. Eines Tages wacht man auf…"

„…Und ist seit zwanzig Jahren Beamter", vervollständigte

Herr Kläger den Satz seines Kollegen.

Für einen Moment sah es so als wollten die beiden Streithähne einander in die Arme fallen und sich einen Bruderkuss geben.

„Du bist verbeamtet, du Penner?", rief Herr Pringel.

10   Die fette Fliege

„Ich will niemanden verletzen", sagte der Nichtraucher. Die Waffe zitterte in seiner Hand. „Aber als ich heute erfahren habe, dass ich meine Abizulassung nicht erhalte und noch ein Jahr in dieser Hölle verbringen muss, da bin ich durchgedreht."

„Das kann ich nachvollziehen", meldete sich Schuldirektor Regen zu Wort.

„Ach ja?", rief der Nichtraucher und zielte mit seiner Pistole auf Dr. Regens Kopf.

„Ja. So geht es mir jedes Mal, wenn ich einen Brief von der Rentenkasse bekomme und sehe wie lange ich noch arbeiten muss."

„Sie wollen auch nicht hier sein?", fragte Herr Kläger überrascht. „Sie haben doch die Macht hier!"

„Macht? Ich? Seh ich aus als hätte ich Macht?" Der Schuldirektor hob seine Arme leicht an, um die rosa Puschelhandschellen zu zeigen. „So langsam gehen diese Abistreiche wirklich zu weit."

Der Nichtraucher seufzte. „Ich wollte nur wissen wie es sich anfühlt, mal der coole Typ zu sein. Alle Abitursöhne reden vom ultimativen Abistreich. Aber als ich's durchgezogen habe, da haben die vielleicht geguckt. Und dann ist mir aufgefallen: Deren Anerkennung ist mir überhaupt nichts wert."

Schuldirektor Regen nickte schweigend, wobei sein Kinn am PVC-Boden auf- und abschleifte.

Der Nichtraucher ließ seine Waffe sinken. „Die hier ist ja nicht mal echt."

„Jetzt!", rief Krümel.

Tim und die Gefährten stürmten aus ihren Verstecken hervor und warfen sich auf den Nichtraucher, der wild um sich schlug und trat.

„Du hast die Wahl", sagte Krümel. „Nimm die Kohle und verschwinde, bevor die Bullen merken, dass du unbewaffnet bist. Oder wir sagen es ihnen."

„Unbewaffnet?" Der Nichtraucher zückte einen Taser und schockte den Kartenmagier, der aufschrie, wie wild zuckte und dann zusammenbrach. „Wer redet hier von unbewaffnet?" Der Nichtraucher stieß Tim und die anderen beiseite. Er lief auf Krümel zu wie ein Stier auf ein rotes Tuch.

„Die Döner-Lieferung ist da", erklang die Stimme des Einsatzleiters. Der Nichtraucher bremste scharf ab. „Mit obszön viel Zwiebel, wie bestellt. Ihr Geld ist hier im Koffer.

Fünfhunderttausend Euro in unmarkierten Scheinen. Und ihr Fahrzeug wartet auf dem Pausenhof."

Der Nichtraucher öffnete das Fenster. „Wirf rüber!" Er ließ den Metallkoffer zu Boden krachen und fing den Döner geschickt aus der Luft. Dann warf er das Fenster wieder zu. Krümel stand vor ihm, eine Dose Vanilledeo in der einen Hand und ein Feuerzeug in der anderen.

Der Nichtraucher ließ den Döner fallen und rammte Krümel mit seiner Schulter, sodass sie die Balance verlor. Sie rangen um Deo und Feuerzeug. Eine Stichflamme loderte auf, als in dem Gerangel beide Abzüge betätigt wurden. Krümel trat nach dem Nichtraucher und schlug sich selbst, um ihre Kleidung zu löschen. Es stank nach verbranntem Fleisch und künstlicher Vanille. Der Nichtraucher hob den Koffer und den Döner auf, der leicht angekokelt und stark zermatscht war. Er biss hinein, Soße rann sein Kinn hinunter und Zwiebelstücke flogen in alle Richtungen. Dann rannte er die Treppen des Todes hinunter, auf nimmer Wiedersehen.

Die Abitursöhne, aufgedreht von Herrn Fetters Wunschpunsch und zombiefiziert durch die Rattenseuche, erklommen grölend und schief singend die Treppen des Todes; zerrten neue Opfer hinauf. Unter den neuen Geiseln befanden sich unter anderem Frau Platzing, Herr Brandenberger und ein paar Sportlehrer. Frau Trichter hatte ihre Bluse ausgezogen und lallte gemeinsam mit den Abiturensöhnen und Abituren „Macht kaputt was euch kaputt macht", gefolgt von „Ein Hoch auf die internationale Getränkequalität". Als Frau Trichter die Gefährten erblickte, zückte sie einen Schraubenzieher und rannte auf sie los. Die Gefährten und die Abiturensöhne stürmten aufeinander zu, kollidierten, und rollten, in ein kämpfendes Knäuel verheddert, die Treppen hinunter. Krümel hob ihr Schwert auf und durchtrennte die Fesseln der Lehrer, während Tim mit Frau Trichter kämpfte. „Die Handschellen!", riefen Schuldirektor Regen und die beiden Philosophielehrer. „Schnell, mach die Handschellen kaputt!"

„Lass uns abhauen!", rief Krümel ihrem Mitstreiter zu. Tim rang mit Frau Trichter um den Schraubenzieher. „Der Kapitän geht immer mit seinem Schiff unter!"

„Aber du bist kein Kapitän, du bist..."

„Der König?" Er stieß Frau Trichter die Treppe hinunter.

„Was auch immer! Lauf!"

Tims Umhang wehte während er, sein MadGic-Kartendeck fest an sich klammernd, den hell erleuchteten Flur entlang rannte. „Wenn wir es bis zum Dach schaffen, sind wir frei!", keuchte Krümel.

„Gundulf wird uns retten!"

„Gundulf existiert nicht! Er wird uns nicht helfen! Verstehst du?"

„Krümel?", fragte Tim.

„Was?" Krümel hatte Seitenstiche und keine Energie mehr

für diese Unterhaltung.

„Ich find' dich echt cool", sagte Tim.

„Aha?"

Sie kamen dem großen Fenster immer näher. Der Blick auf die Freiheit. Licht! Gewöhnt an die dunklen Ebenen ihrer vergangenen Kämpfe schmerzten Krümels Augen; sie war völlig geblendet und erschöpft, lief jedoch immer weiter geradeaus.

„Bleibt stehen, der Abistreich ist noch nicht vorbei!", rief ein Abiturensohn, zückte den Bunsenbrenner und stellte ihn auf Flammenwerfermodus.

„Krümel, da ist noch Glas zwisch-"

Bevor die Kriegerin dem König „Egal!" zurufen konnte, knallten die Zwei mit voller Wucht gegen die Fensterscheibe. Das Glas splitterte und die beiden Sechstklässler stürzten mitsamt unzähliger Scherben, die ihnen die Haut zerkratzten, aus dem vierten Stock in die Tiefe. Im freien Fall erhaschte Krümel einen Blick auf die fette Fliege: Ein Polizei-Helikopter schwirrte über der Schule. Das Glücksgefühl endete abrupt, als Krümel auf dem Dach der Turnhalle aufschlug. Sie schürfte sich die Hände auf, schaffte es aber gerade noch, die Kraft des Aufschlags in eine Rolle – oder eher einen Purzelbaum – umzuwandeln und sprang auf die Füße. Tim landete etwas weniger graziös. Seine Knochen gaben ein lautes Knackgeräusch von sich, doch er rappelte sich wieder auf.

„Wir sind hier!", schrie Krümel und winkte dem Helikopter mit herumfuchtelnden Armen, während sie auf und ab hüpfte.

Tim stimmte ein: „Hier! Wir sind hier! Holt uns ab!"

Der Himmel war gleißend hell erleuchtet, die Wolken darin dick und grau.

„Sind die Geiseln frei?", ertönte eine Megaphon-Stimme vom Himmel herab.

„Ja, Gundulf!", rief Tim ehrfürchtig.

„Ja, ihr dämlichen Bullen!", brüllte Krümel den Heli an.

„Jetzt geht da rein und rettet die anderen!"

Der Helikopter näherte sich der zersplitterten Scheibe, dann sprangen mehrere menschliche Schildkröten heraus und marschierten wild um sich ballernd in die Schule ein. Von der fetten Fliege aus wurde eine Leiter herabgelassen. Krümel sprang nach oben und klammerte sich fest. Tim humpelte zur Leiter, ergriff Krümels Hand. Sie zog ihn zu sich und er folgte ihr die Leiter hinauf, in die fette Fliege.

11 Das muss ein Nachspiel haben

Als die Eltern ihre Kinder wiedersahen, weinten sie vor Freude und schlossen sie in ihre Arme. Sogar der Papa des kleinen ADHS-Jungen, der seinen Sohn aus pädagogischen Gründen zu schlagen pflegte, klopfte ihm anerkennend auf die Schulter.

Rüdiger, der Arbeitskollege von Finn-Julians Mutter,

drückte den Jungen an sich. „Finn-Julian, ich bin dein Vater."

„Ich weiß", antwortete der Klassenstreber und schluchzte.

Nur die Eltern von Momo und Ace weinten nicht vor Freude und Erleichterung. Ihre Kinder waren nicht zurückgekommen.

„Ey, sag mal, Ace…"

„Was'n los, Momo?"

„Ey Ace, die Pause ist bestimmt gleich vorbei, Digga."

„Du hast recht, Momo", sagte Ace und warf ihre Schultasche über eine Schulter. „Wir sollten wieder in den Unterricht gehen."

Wenige Wochen später erhielten Krümel und Tim beide die Tapferkeitsmedaille, die ihnen vom Bundespräsidenten persönlich verliehen wurde. Krümels Eltern hatten ihr zwar immer wieder versichert, wie stolz sie doch auf ihr Töchterchen waren, doch die beiden Mamas hatten sie mit Shopping gestraft und ihr befohlen, zur Verleihung der Medaille ein weißes Kleid mit blauen Punkten anzuziehen. Krümel fand, dass sie bescheuert aussah, aber noch lange nicht so bescheuert wie Tim, dessen Eltern ihn in seinen Kommunionsanzug gesteckt, die Haare mit Spucke in Form gebracht und zu einem potthässlichen Seitenscheitel gekämmt hatten.

Der Bundespräsident laberte mit monotoner Stimme. Er

machte große, nichtssagende Gesten. Ab und zu fielen die Worte „Gewalt", „Videospiele", „Bestrafung" und „verbieten". Außerdem streute er sehr oft und völlig wahllos die Begriffe „Freiheit" und „Frieden" in sein politisch unfassbar wichtiges Schlaflied ein. Krümel und Tim blieb der Großteil der Rede jedoch erspart, denn sie nickten schon bald ein. Als Krümels Mamis sie von beiden Seiten in die Arme kniffen, um sie zu wecken, dachte Krümel genervt: „Hoffentlich will der olle Sack mich nicht umarmen. Er riecht bestimmt nach Rauch und alten Menschen." Krümel und Tim wurden auf die Bühne geholt. Der dicke Bundespräsident watschelte auf Krümel zu, drückte sie feste an sich – bäääääh – hängte ihr die funkelnde Medaille um den Hals, reichte ihr eine Urkunde und einen großen bunten Blumenstrauß. Krümels Mütter heulten vor Glück und Stolz. „Diese mediengeilen Gänse", dachte Krümel. Tim rümpfte unmissverständlich die Nase, als der Bundespräsident ihn an sich drückte. Als auch Tim die Medaille, die Urkunde und den Blumenstrauß (Welch erfreuliche Abwechslung für den feinen Geruchssinn des kleinen Jungen!) erhalten hatte, mussten die Beiden noch für die Presse posieren. Tims und Krümels Eltern sprangen von ihren Plätzen in der ersten Reihe auf und umarmten einander theatralisch schluchzend vor den Linsen der Fotografen. Basti und die Gefährten klatschten für ihre Freunde.

„Ich habe gehört, Frau Trichter und Herr Schnickel haben gekündigt", raunte der Magier und lächelte.

„Nur die Zwei?", fragte Krümel enttäuscht.

„Wir werden sehen…" Bastis Blick verlor sich in den Wolken.

Gerade als Krümel und Tim glaubten, endlich nach Hause fahren und vor der Glotze Kakao schlürfen zu dürfen, kam auch noch die Bundeskanzlerin und schüttelte ihnen die Hände, zerrte sie ins erstarkte Blitzlichtgewitter. Krümel sah schon Sterne, ihre Augen juckten. Die Kanzlerin zupfte an ihrem Zweiteiler herum, machte ein Ziegengesicht. Verfolgt von den Kameras der Satire-Sendungen und Alte-Leute-Sender eröffnete die Kanzlerin feierlich die nigelnagelneue Schulmensa: Einen türkis-grauen Betonklotz von unfassbarer Hässlichkeit, der so seelenlos war wie das Monster, das darin lebte. Krümel schluckte. Ob Heldin oder nicht, sie würde dorthin zurückmüssen. Und Tim auch. Hatte sie auf der richtigen Seite gekämpft? Oder etwa…

„Du, Krümel?", flüsterte Tim, dessen linke Schulter im Hüftspeck der Kanzlerin verschwunden war, da diese ihn immer noch mit aller Gewalt an sich quetschte.

„Ja, Tim?", fragte Krümel – in derselben misslichen Lage, nur auf der anderen Seite – über den Hintern der Kanzlerin hinweg.

„Ich hab ja gesagt, ich find dich cool. Aber ich mag immer noch keine Mädchen."

Krümel lächelte zum ersten Mal an diesem Tag ihr bezauberndes Zahnlückenlächeln. „Ich find Jungs auch voll blöd."

„Hey Krümel... Mein Papa hat gesagt, die werden uns erst mal in Kur schicken. Die Erlebnisse verarbeiten oder so. Sind wir dann noch Freunde?"

„Natürlich nicht", strahlte Krümel. „Wir können uns gerne wieder voll doof finden."

„Au ja!", rief Tim. Da riss er sich mit einem Mal von der Kanzlerin los, hob ein bisschen Dreck und Kiesel vom Boden auf und warf es nach Krümel. Krümel lachte. Sie fand einen schönen Stein und warf zurück. Unsere HeldInnen waren glücklich. Kichernd liefen sie um die Kanzlerin herum und bewarfen sich mit Erde, Stöcken, Steinen, Grasbüscheln und übriggebliebenem Baustellenschutt. Die Eltern verharrten in einer Schockstarre; die Kanzlerin zog ihre Mundwinkel sehr tief nach unten, wo sie auch blieben. Für immer. Ein Klumpen Erde traf versehentlich ihren pastellfarbenen Blazer. Die Fotografen und Kameraleute flippten aus vor Freude.

„Du bist doof!", rief Tim Krümel zu.

„Nein, du bist doof!"

„Nein, du bist doof!"

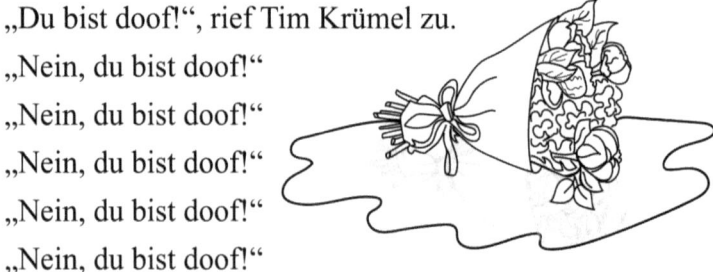

„Nein, du bist doof!"

„Nein, du bist doof!"

„Nein, du bist doof!"

Das war ein unendlicher Spaß.